LETTRE

A

UN ÉLECTEUR

LETTRE

A

UN ÉLECTEUR

PAR

UN ANCIEN CONSTITUANT

PARIS
E. DENTU, LIBRAIRE-ÉDITEUR
PALAIS-ROYAL, 17 ET 19, GALERIE D'ORLÉANS

1869

LETTRE

A UN ÉLECTEUR

Mon cher concitoyen,

J'ai lu avec un intérêt mêlé de tristesse la lettre que vous m'avez adressée pour me demander des conseils sur la conduite à tenir dans les prochaines élections. Vous êtes un esprit sage, indépendant, vous voulez la stabilité sociale, vous redoutez les révolutions; et cependant aucun progrès ne vous trouve indifférent, et vous ne verriez pas sans douleur la France déchoir de ce haut faîte de grandeur morale et de civilisation qu'elle a atteint après tant de glorieux efforts. Vous êtes enfin de ceux qui croient que, sur les bases élargies de la démocratie française, la liberté doit s'asseoir pour présider au développement régulier de nos destinées. Vous étant tracé ce programme qui est celui de la société moderne, vous vous demandez, plein d'anxiété, si c'est bien aussi le programme du gouvernement de l'Empereur. Les vives critiques de l'opposition vous troublent, ses faciles promesses vous séduisent et vous venez réclamer de moi, qui suis votre aîné dans la vie politique, comme une direction de conscience dans l'accomplissement de vos devoirs de citoyen. Tous se résument, on peut le dire, dans l'acte électoral. Faut-il se laisser conduire aux urnes du scrutin par la main de l'administration, adopter aveuglément ses candidats, ou nommer ceux qui, se proclamant indépendants, se présentent sous le patronage des partis coalisés? De ces deux voies, laquelle choisir? En est-il une troisième menant plus sûrement au but, et ce but quel est-il, sinon la meilleure conduite des affaires publiques, le plus rapide accroissement de nos ressources, le plus libre essor de nos facultés, l'avénement du plus grand nombre au bien-être et à la plénitude de la vie civile, l'ordre à l'intérieur, le prestige au dehors; en un mot, le plus complet, le plus large épanouissement de la vitalité et de la grandeur nationale?

C'est cette tâche immense qu'un gouvernement est tenu d'accomplir. Lorsqu'il la poursuit avec sincérité, avec ardeur, avec courage, notre devoir est sans doute de le redresser, s'il se trompe, de l'éclairer, s'il s'égare, d'exercer sur sa gestion le contrôle le plus vigilant, le plus assidu, mais non d'ajouter à ses difficultés par une opposition tracassière, injuste, systématique, de le combattre à outrance et de le précipiter avec la société tout entière dans de nouvelles révolutions.

L'Empire a-t-il rempli ces conditions de bonne foi et de bon vouloir, a-t-il obéi à cette loi du progrès démocratique et libéral qui est sa haute vocation dans l'histoire? Jugeons-le par ses actes.

Je ne dissimulerai pas ses fautes; il serait merveilleux que, dans un long règne, on n'eût à signaler aucune erreur, aucune faiblesse. Mais, sans rien dérober aux droits d'une critique impartiale et légitime, examinons les faits dans leur ensemble; interrogeons la politique de Napoléon III; demandons-lui ce qu'elle a entrepris d'utile et d'efficace depuis qu'elle régit nos intérêts; comment elle a résolu les grands problèmes que nous a légués la Révolution française et qu'aucun des gouvernements qui se sont succédé depuis les dernières années du dix-huitième siècle n'a pu résoudre ; quelles sont enfin les perspectives d'avenir quelle ouvre devant le pays.

Je ne veux pas être injuste envers le passé. Il est insensé de supposer qu'un gouvernement, quel qu'il soit, ne se propose pas de réaliser le bien et d'accroître la prospérité de tous. La Restauration, la Monarchie de 1830, la République même s'y sont employées. Je ne rechercherai pas les causes qui ont trahi leur dessein, fait échouer leur œuvre et amené leur chute. Mais je constaterai l'insuccès de leurs tentatives et je comparerai l'état où elles ont laissé la France à celui où elle se trouve aujourd'hui.

I

De toutes les nécessités, pour un gouvernement régulier, la plus essentielle, la plus pressante, la plus vitale, c'est, tout le monde en conviendra, la sécurité du foyer, la paix des rues, l'ordre matériel. Je ne prétends pas assurément qu'à lui seul l'ordre tienne lieu de toutes les institutions, de toutes les libertés, de tous les progrès, de l'activité laborieuse, de la fortune publique, de l'honneur national; mais je soutiens que, sans lui, aucune de ces conditions de dignité, de bien-être, de grandeur et d'avancement ne saurait subsister. Je n'en veux d'autre démonstration que ce qui se passe de nos jours dans ces déplorables Etats de l'Amérique du Sud. Ce ne sont pas les constitutions qui leur manquent; il serait difficile d'en imaginer de plus démocratiques et de plus libérales; une nature luxuriante les environne; de grandes voies commerciales sont à leur portée; ils possèdent des éléments de force et d'expansion sans bornes. L'ordre seul, l'ordre est absent, et, au milieu de toutes les libertés qu'ils ont proclamées, ils sont le jouet de toutes les tyrannies; au sein de toutes les prodigalités des plus heureux climats, ils sont en proie à toutes les misères; leur industrie est nulle, leur travail stérile, leur commerce paralysé. Ils ont la réélection périodique du pouvoir exécutif, la liberté illimitée de la presse, le droit absolu d'association, de réunion, la souveraineté des Chambres; et les attentats contre le chef du gouvernement, les révoltes contre les institutions, les prises d'armes s'y renouvellent chaque jour. La liberté est inscrite dans leurs actes publics, sur leurs monuments, sur leurs drapeaux, et personne n'y est assuré ni de sa propriété, ni de son avenir, ni de sa vie même. Ils s'épuisent dans des convulsions continuelles, et ces pays si grands en territoire ne comptent pour rien dans les destinées du monde.

Sans doute notre vieille Europe ne présente pas de tels spectacles, et l'exemple est extrême. Mais peut-on dire que l'ordre ait régné en France sous les gouvernements qui ont précédé l'Empire? Ai-je besoin d'évoquer la mémoire des luttes implacables de la Restauration? Et qui ne se rappelle les émeutes ensanglantant les rues de Paris et de Lyon sous le gouvernement de Juillet? Avez-vous perdu le souvenir des lamentables journées de mai et de juin sous la République? Pendant soixante-cinq ans, la France, il faut bien l'avouer, la France n'a pas connu le repos. L'Empire seul le lui a donné; voici longtemps que l'Empire dure et aucun tressaillement populaire, aucune agitation intestine n'a interrompu cette paix profonde dont elle jouit encore et dont elle ne saurait assez bénir l'inestimable bienfait.

II

Et comment l'ordre s'est-il fait dans notre pays? Par le suffrage universel; c'est la grande nouveauté de ce temps-ci. Je ne veux pas enlever à la République le mérite de l'avoir inauguré. Mais reportons-nous à cette triste époque. Attaqué dans son principe par les clubs qui lui opposaient leur dogme étrange de la souveraineté du but, altéré dans son fonctionnement par les scrutins de liste, outragé dans son expression par les violences de l'émeute, le suffrage universel excitait en même temps les plus injustes méfiances des anciens partis monarchiques; pris en quelque sorte entre les barricades de juin qui lui livraient un combat sans merci et la loi du 31 mai qui l'étouffait, il fut délivré par un acte de patriotique énergie, mis en possession de lui-même, rapproché de l'électeur par le vote aux communes et, pendant dix-sept ans, il n'est pas seulement devenu compatible avec l'ordre, mais, uni à la dynastie napoléonienne, il a été l'admirable instrument de la paix civile et de la sécurité des familles. Merveilleuse rencontre d'où est sorti le salut de ce pays! Pas plus que moi, vous n'avez oublié cette émouvante journée du 10 décembre 1848 où, malgré les résistances, les oppositions, les manœuvres conjurées du pouvoir et des partis, le suffrage universel se porta, de tous les points de la France, avec un irrésistible entraînement, vers le Prince qui ramenait les aigles de l'exil. Acclamé trois fois, il est l'unique souverain qui jusqu'à ce jour ait résumé et personnifié une aussi grande force sociale. Comme ce poète dont on a dit qu'il avait dix mille âmes, *myriad minded*, il représente, lui, huit millions de volontés. Cette puissance collective, la plus considérable qui ait paru dans le monde, cette immense électricité populaire concentrée en un seul homme, a dissipé comme par un coup de foudre les nuages qui pesaient sur notre horizon et fondé la vaste et féconde démocratie au sein de laquelle nous vivons aujourd'hui.

Depuis 1815, la France n'avait eu que les gouvernements de la guerre étrangère ou de la guerre civile, de l'invasion ou de l'émeute; pour la première fois, à partir du 10 décembre, elle eut un gouvernement sorti de ses mains, création spontanée et vivante de sa conscience et de sa liberté. Après avoir accompli cette grande œuvre, le suffrage universel ne s'éloigna pas; il resta dans nos institutions comme une force organique. Il intervint à tous les degrés de la hiérarchie élective pour la formation des conseils publics et du pouvoir législatif. Jamais, dans un État de 38 millions d'habitants, un tel mécanisme politique n'avait fonctionné pendant une si longue suite d'années avec tant de régularité, d'indépendance et de grandeur. Jamais le principe de l'égalité n'avait pénétré si profondément dans nos lois et dans nos mœurs.

Il s'empara tout d'abord de la constitution du jury jusque-là réservé à une oligarchie bourgeoise munie d'une cote de contribution ou d'un diplôme, et rendu désormais accessible à toutes les aptitudes.

Il démocratisa les emprunts de l'État par une sorte de plébiscite financier qui substituait à la souscription privilégiée des banquiers celle de tous les citoyens, les associant ainsi d'une manière plus intime à la politique du gouvernement et, par la vulgarisation de la rente, créant la petite propriété de la fortune mobilière, comme 89 avait créé celle du domaine foncier par la vente des biens nationaux et par les lois de succession.

Il imprima à l'instruction un élan qui continue, en améliorant le sort des instituteurs, en multipliant les bibliothèques populaires et les écoles dont le recrutement s'est augmenté de plus de douze cent mille élèves, en fondant les cours d'adultes, en propageant l'éducation des filles, en créant l'enseignement spécial, professionnel, technique, en encourageant toutes les cultures de l'intelligence et en resserrant, de plus en plus, l'ignorance, cette nuit de l'esprit, par une intarissable diffusion de lumière.

Il vient de s'introduire enfin dans la loi militaire qui oblige tous les Français sans exception à un service personnel, soit dans l'armée active, soit dans la réserve, soit dans la garde nationale mobile. La force publique résulte aujourd'hui du concours de tous; l'armée est le suffrage universel sous les drapeaux.

Cependant d'autres conquêtes restaient à faire sur la législation pour que l'égalité des droits ne rencontrât plus de limites. Des citoyens vivaient sous cette misérable condition qu'ils ne pouvaient se concerter pour opposer aux exigences du capital les légitimes revendications du travail; empêchés par les difficultés légales, ils ne pouvaient associer leurs modestes épargnes et il leur était interdit de se réunir pour débattre leurs intérêts. Leur affirmation en justice, contredite par des patrons ou des maîtres, était réputée mensongère, et la loi les astreignait à se munir d'un livret délivré par la police. Ces lourdes servitudes avaient existé de tout temps : les deux républiques comme les deux restaurations, le premier empire comme la monarchie de Juillet, les avaient maintenues. Le gouvernement de Napoléon III en a donné mainlevée.

Les pénalités édictées contre les coalitions ont été abrogées, les associations coopératives admises dans la refonte hardie et libérale du régime des sociétés, la parole de l'ouvrier relevée de son infériorité devant les tribunaux, par la suppression de l'article 1781 du Code Napoléon, et un projet de loi s'élabore qui bientôt proposera au

Corps législatif de rapporter l'humiliante et vexatoire législation des livrets.

Ces immenses réformes sont pour l'Empire un titre d'honneur et de popularité ; les peuples voisins nous les envient, et dernièrement, au Congrès de Bruxelles, un délégué des ouvriers français, secrétaire de la commission ouvrière, a pu dire avec orgueil : « Vous qui nous reprochez notre situation en » France, vous Belges, Anglais, Prussiens, votre » position est inférieure à la nôtre : la plupart » d'entre vous n'ont pas le droit d'élire leurs » représentants, et vous n'avez jamais pu obtenir » l'abrogation de l'article 1781 du Code Napoléon » dont l'équivalent existe dans vos lois »

En aucun temps, chez aucun peuple, le principe de l'égalité ne s'est développé sur un plan aussi vaste, et n'est entré si profondément dans le commerce des hommes. La Révolution n'avait pas aboli tous les priviléges. La nuit du 4 août a duré soixante et dix ans, et aujourd'hui seulement se fait cette grande lumière qui devait en sortir, et dont le suffrage universel est l'inextinguible foyer.

Le premier Empire a créé l'égalité civile, le second l'égalité politique. Découvre-t-on, au delà, d'autres horizons que l'esprit humain puisse atteindre? Je n'aperçois, quant à moi, que les hallucinations de l'utopie, rêves monstrueux de nivellement des fortunes, des conditions et des salaires.

III

Avoir tiré du suffrage universel l'ordre et l'égalité, c'était un grand point ; ce n'était pas tout cependant, il fallait le concilier avec la liberté. Aux yeux de bien des gens la liberté et l'égalité, dont le suffrage universel est la suprême expression , sont des termes qui s'excluent. Il fallait les rapprocher, les unir, et de leur association faire sortir de nouveaux progrès. La tâche était ardue ; elle n'a pas découragé l'Empereur.

Il a commencé par étendre le cercle des libertés civiles. La liberté individuelle a été l'objet de sa première sollicitude. Le principe de la mise en liberté provisoire, avec ou sans caution, qui était une lettre morte de notre législation, a été comme vivifié, et a reçu des applications inconnues jusque-là dans nos codes ; l'emprisonnement préventif a été considérablement diminué par des simplifications de procédure et d'organisation judiciaire, telles que la suppression de la chambre du conseil, la faculté pour les juges d'instruction de lever les mandats de dépôt en cours d'information, et l'établissement de la juridiction des flagrants délits.

Il n'y a pas jusqu'à cette fameuse liberté d'aller et de venir, une des plus solennelles promesses de la Constitution de 1848, qui n'ait obtenu une satisfaction nouvelle ; l'obligation des passe-ports est tombée en désuétude, et les voies télégraphiques ont été ouvertes, sur tous les points de la France, aux communications de la pensée.

A côté de ces franchises s'est développée la liberté de l'enseignement que la Charte de 1830 avait promise aussi, sans qu'elle fût jamais accordée, et la liberté des cultes, qu'aucun des grands Etats de l'Europe ne possède au même degré que nous. Plus de quatorze cents succursales ont été créées, depuis l'Empire, pour le service du culte catholique et la garantie du recours au conseil d'Etat a été donnée au culte protestant pour l'ouverture des oratoires contre les décisions, quelquefois arbitraires, de l'autorité départementale.

Ce n'était pas assez que la liberté individuelle fût assurée dans toutes ses manifestations ; il était bon de l'appeler en quelque sorte à l'activité, de la mettre en mouvement, de la provoquer à l'initiative. Ce fut le résultat des grandes réformes économiques introduites pour la première fois en France.

Le traité de commerce eut pour effet de stimuler par la concurrence étrangère l'industrie nationale, de transformer son outillage, de la conduire à de nouveaux perfectionnements, d'exciter la production et d'abaisser le marché au profit des consommateurs, c'est-à-dire du plus grand nombre.

J'ai parlé des lois sur les coalitions et sur les réunions publiques, comme rachetant d'une dernière inégalité toute une classe de citoyens; elles ne sont pas moins pour la liberté, après de longues luttes, un triomphe inespéré. La liberté des contrats, la liberté du travail, si étrangement méconnue par la première Constituante et par les régimes qui l'ont suivie, a enfin obtenu la légitime satisfaction qui lui était due et permis d'opposer, dans le conflit des intérêts, *la solidarité des salaires à la solidarité* oppressive *des capitaux.*

Le droit de réunion en devait découler comme un corollaire obligé pour le débat des affaires, l'accord des vues, le concert des volontés. Tous les gouvernements avaient reculé devant la reconnaissance de ce droit redoutable. Il n'y a pas longtemps, on rappelait au Corps législatif comment, sous la monarchie de Juillet, le chef d'une fabrication importante, voulant faire participer ses ouvriers aux bénéfices de son industrie, s'était vu refuser l'autorisation de les assembler pour discuter avec eux les statuts de cette généreuse association. On sait quel fut le sort des réunions publiques après la révolution de Février, les orages qui s'y formèrent, les tumultes sanglants qui en sortirent et la nécessité où se trouva la République de les fermer au plus tôt. La loi qui supprimait les clubs fut unanimement applaudie. Voici en quels termes énergiquement expressifs elle était approuvée par M. Pelletan : « N'était-ce pas, disait-il, dans ce perpétuel » entassement des passions pressées les unes con- » tre les autres, échauffées les unes par les autres, » que se gagne le typhus de l'insurrection ? Avec la » nouvelle loi, la pensée seule parlera, la passion » se taira : où sera le malheur ? »

Eh bien, ces réunions si dangereuses qu'aucun régime n'avait pu supporter, le gouvernement impérial n'a pas craint de les rouvrir, en se bornant à leur interdire les controverses religieuses et politiques. Tous les jours, je le sais, elles transgressent ces sages limites, elles vomissent contre la société, contre l'Empereur, contre Dieu, la calomnie, l'outrage et le blasphème. Sera-t-il possible de contenir ces élements explosibles, d'arrêter ces éruptions anarchiques? Le moment est solennel; nous assistons à une révolte désespérée de toutes les haines politiques accumulées depuis vingt ans. J'ai la confiance que, domptée par la loi, elle n'emportera pas dans ses excès la liberté des réunions qui, prudemment réglée, peut rendre tant d'utiles services.

A côté d'elle, le gouvernement a permis l'organisation, de tout temps si sévèrement prohibée, des chambres syndicales des ouvriers. Il les a conviés par là à s'occuper eux-mêmes des questions si multiples et si diverses qui intéressent leur bien-être actuel et leur avenir.

Il a en même temps retiré son attache aux sociétés anonymes, les affranchissant de sa tutelle et les abandonnant aux libres combinaisons de la spéculation privée.

Une parole récente, prononcée à la tribune du Corps législatif, laisse espérer qu'il renoncera également à toute ingérence directe ou indirecte dans l'administration des établissements de crédit.

Les réglementations onéreuses, les monopoles abusifs, les priviléges égoïstes entamés de toutes parts, achèvent de disparaître, et, après les libertés civiles, les libertés économiques reçoivent leur consécration et leur couronnement.

Largement distribuée aux individus d'abord, aux collections d'individus ensuite, la liberté a été également donnée dans une plus abondante mesure aux corps constitués, les communes et les départements. C'est ce qu'on a appelé la décentralisation. Elle a été opérée de deux façons : par les autorités locales et par les corps délibérants. En imposant aux préfets le devoir de traiter définitivement des affaires qui relevaient de l'administration centrale, on a avisé à leur prompte expédition, on a déféré au vœu le plus pressant des administrés. Mais à côté de cette extension de facultés administratives une garantie était nécessaire; on y a pourvu par une plus forte organisation des conseils de préfecture, dont les débats sont devenus publics, et par la gratuité du recours au conseil d'Etat contre les excès de pouvoir. En présence de cette décentralisation, pour ainsi dire bureaucratique, est venue se placer celle qui a été réalisée par la loi d'attribution des conseils municipaux et des conseils généraux. L'autonomie de ces assemblées n'avait été jamais plus libéralement constituée. A-t-on été assez loin dans cette judicieuse réforme? N'y a-t-il pas de nouvelles concessions à réclamer au profit des communes et des départements? Je ne suis pas éloigné de l'admettre. Mais, pour le moment, je me borne à constater qu'aucun gouvernement antérieur n'avait autant accordé.

Au-dessus de ces libertés, civiles, économiques, administratives, s'élèvent les libertés des pouvoirs délibérants. A cette hauteur, je rencontre une question ardemment agitée par les anciens partis, et qui est moins une question de liberté qu'une question de forme gouvernementale; il s'agit, en effet, de ce qu'on appelle le régime parlementaire. Nous l'avons vu naître, à l'époque de nos désastres. Je me rappelle avec rougeur les paroles de ces députés de 1815, qui tenaient à honneur de l'adopter par déférence pour l'Angleterre dont nous étions les vaincus, et dont nous ne pouvions mieux faire, disaient-ils, que d'imiter les institutions. Cela ne nous a pas réussi; le régime parlementaire n'a pu s'acclimater chez nous ; tous les gouvernements qui en ont fait l'essai ont été renversés. C'est qu'il était contraire à nos traditions nationales ; et, comme l'a reconnu un ancien ministre de Louis-Philippe, antipathique au génie de notre race : « Le » régime constitutionnel, disait Cousin, est dans » le besoin et le vœu de la France; mais il admet » bien des combinaisons et des formes diverses : » l'erreur est de le voir dans un type et dans un » type étranger. »

Qu'est-ce, au fond, que le régime parlementaire? Ce n'est ni la démocratie, ni la monarchie ; c'est le gouvernement des assemblées, fondé sur une vassalité d'influences dépendantes les unes des autres; c'est la corruption à la base, l'irresponsabilité au sommet.

On crut en avoir fini avec l'esprit féodal en 1789; on se trompait. Avant de se retirer de l'histoire et de s'évanouir, les vieilles institutions se transforment sous les coups même qui les frappent pour les anéantir, et luttent encore longtemps après avoir été vaincues. L'esprit féodal se redressa avec le parti des Girondins, en présence de la Montagne; il reparut avec les censitaires du pays légal sous les Bourbons des deux branches; il est reconnaissable aujourd'hui dans l'école des politiques qui aspirent à jouer le rôle de coryphées dans les Chambres. Les anciens parlements avaient mis la couronne au greffe ; ils la mettraient volontiers à la questure.

Le règne des assemblées est-il, du moins, favorable à la liberté? Il en est, à mon sens, la négation la plus absolue. La véritable originalité de la Révolution française est d'avoir assuré la liberté par la division des pouvoirs. La maxime : *diviser pour régner*, odieuse et tyrannique à l'égard des personnes, devient, appliquée aux institutions, la garantie même de la liberté. « Il faut que le pouvoir arrête le pouvoir, » disait Montesquieu, et cette haute doctrine passa pour la première fois dans les faits. C'est la pondération des forces qui est le fond de notre droit public. De même que le pouvoir sort des libertés qui s'opposent l'une à l'autre, de même la liberté se dégage des pouvoirs qui se limitent dans leur rencontre.

Il est surtout question, dans le système parlementaire, de la responsabilité des ministres devant les Chambres; mais ces corps anonymes, divisés en cinq ou six partis, où se jouent toutes les nuances d'opinion, sans cesse renouvelés, échappant à la loi des traditions, exempts de toute solidarité avec le passé, devant qui, eux, sont-ils responsables? Ils sont comme de grands jurys émergeant tous les six ans du sein des masses et y rentrant pour s'y perdre et s'y noyer en quelque sorte avec le souvenir de leurs actes. La responsabilité collective est une chimère; la responsabilité individuelle est seule une réalité.

Dans le régime inauguré en 1852, l'Empereur est, comme il l'a dit lui-même avec tant de précision et de justesse, le *chef responsable d'un pays libre* : son pouvoir n'est pas, pour cela, personnel et absolu; il est limité par deux grands pouvoirs collatéraux : le Sénat et le Corps législatif s'élèvent à côté de lui ; devant lui est le pays tout entier.

L'impersonnalité des assemblées fait aussi leur faiblesse dans le gouvernement des Etats. Qu'on se rappelle les désordres amenés par la Constitution de l'an III, qui avait mis des comités à la tête de toutes les administrations, et qu'on relise le rapport de Rœderer, préludant à la réforme opérée par le Premier Consul, qui substitua à toutes ces réunions anarchiques l'unité active et responsable de l'administrateur unique.

Tous ces inconvénients ont été pesés et prévenus par la Constitution de 1852.

Deux traits la distinguent des Constitutions précédentes et la mettent en singulier relief, c'est le principe de sa perfectibilité et celui de l'appel au peuple. Elle n'est pas immuable comme les anciennes Chartes, parce que, issue des masses nationales, elle est en marche comme elles, toujours vivante; et, tirant de son origine toute sa force, elle est toujours prête à s'y retremper. Le Sénat qui veille à sa conservation, est chargé d'y introduire les amendements que l'expérience conseille et que le pays réclame.

Les prérogatives de cette assemblée sont d'une autre nature : elle reçoit les pétitions des citoyens qui, sous aucun gouvernement, n'ont été l'objet d'un aussi attentif examen ; et son droit va jusqu'à annuler les actes du pouvoir exécutif, s'ils sont contraires aux principes de haute justice et de haute moralité dont la garde lui a été confiée. Elle fait obstacle à la promulgation des lois qui portent atteinte à ces grands principes, et renvoie à une nouvelle délibération du Corps législatif celles qui lui paraissent défectueuses. Le Sénat est inamovible. Le nombre des sénateurs étant fixé par la Constitution, la majorité ne saurait être modifiée, comme celle de l'ancienne Chambre des pairs par l'intrusion de nouveaux membres; et tandis que celle-ci, mobile dans sa composition, se trouvait en présence d'un statut permanent, inflexible, le Sénat, numériquement invariable, est placé, lui, en face d'un texte qui comporte tous les progrès.

Que l'on compare les fonctions de cette suprême magistrature à celles de l'ancienne Chambre des pairs : sans doute le Sénat ne fait pas les lois, ce droit ne saurait appartenir qu'aux représentants directs du pays; il ne juge pas, cette fonction est l'attribut exclusif du pouvoir judiciaire; mais, dans la région élevée où il se meut, il est l'arbitre et le gardien des plus sérieux intérêts de la nation.

Rapprochez maintenant de l'ancienne Chambre des députés le Corps législatif. Issue du suffrage restreint, la Chambre des députés était composée, en majorité, de fonctionnaires, et les lois qu'elle élaborait ne pouvaient être sanctionnées sans avoir été votées une seconde fois par une autre assemblée qui est à la nomination du roi. Le Corps législatif, au contraire, élu par le suffrage universel, ne renferme dans son sein aucun agent du pouvoir exécutif; les députés qui en font partie sont rétribués, ce qui permet de les choisir dans toutes les classes de la société, et il émet des votes qui ne sont soumis à aucune révision; c'est une Chambre unique. De ces deux assemblées laquelle, dans sa sphère d'action, a le plus d'indépendance et de pouvoir?

La liberté de la tribune a-t-elle jamais été plus étendue que de nos jours? Quel grief a jamais manqué de se produire sous la forme des interpellations? Et quelle initiative sous celles des amendements? La plus grande indépendance préside à tous les débats. Prêtons l'oreille, et demandons-nous s'il existe en Europe une tribune plus libre et plus retentissante que la tribune française. Par le vote des subsides, le Corps législatif tient en main la politique du pays; il en est le maître. En fait, est-ce qu'aucune grande entreprise a été résolue sans son concours? Toutes les affaires extérieures de la monarchie de Juillet ont été engagées en dehors des Chambres. Que l'on cite une seule expédition, sous le second Empire, qui n'ait pas, dès le début, reçu la sanction du Corps législatif. Donc, que vient-on nous parler de gouvernement discrétionnaire, de gouvernement personnel, expressions fausses et trompeuses au service de la mauvaise foi ou de la violence? Sous les régimes précédents, le chef de l'Etat avait le droit, dans l'intervalle des sessions, de s'ouvrir, par de simples décrets, des crédits supplémentaires et extraordinaires. L'Empereur a renoncé même à ce droit. Le Corps législatif seul peut allouer un crédit quelconque. Jamais assemblée fut-elle plus en possession de ses finances? Et toute la politique d'un gouvernement n'est-elle pas dans son budget?

Ces libertés de la Législature, je n'affirmerai pas qu'elles ne puissent recevoir encore quelques développements. Rien n'est définitif dans ce monde. Peut-être la procédure qui règle le droit d'interpellation, pourrait-elle être simplifiée. D'autres changements de forme sont peut-être également désirables. Mais, en l'état, qu'on ne nous dise pas que la pensée du Corps législatif est comprimée, que son contrôle est empêché, et que son autorité se brise contre d'inébranlables barrières.

IV

De vagues aspirations vers une liberté plus étendue en matière de presse s'étaient manifestées dans les Adresses de la Chambre ; l'Empereur les a immédiatement recueillies, et, allant au delà du vœu public, il a écrit sa mémorable Lettre du 19 janvier.

La liberté de la presse et le droit de réunion sont les deux nouveaux progrès dont il s'est fait l'initiateur. Je sais bien que la loi de la presse qui est intervenue n'a fait qu'exciter de plus ardents appétits dans l'opposition, qui affecte d'en méconnaître le libéralisme. La juridiction des tribunaux correctionnels que cette loi institue pour le jugement des délits est l'objet de ses plus vives agressions. Mais, en vérité, si nous nous retournons vers le passé, trouvons-nous beaucoup mieux ? Nous ne parlons pas de la Restauration ; nous savons ce qu'était à cette époque la composition légale du jury, dont l'action sur la presse n'a d'ailleurs été qu'intermittente à travers de perpétuelles agitations. Sous la monarchie de Juillet, les journaux ne reprochaient rien moins au gouvernement que de choisir les éléments de formation des listes. Qui ne se souvient de leurs sarcasmes contre les jurés *probes* et *libres*? L'irrégulière immixtion du gouvernement dans la constitution du jury n'était que trop avérée ; elle était malheureusement inévitable. Cependant cette juridiction parut insuffisante, et les lois de septembre créèrent celle de la Chambre des pairs. En apparence, le jury fut conservé pour connaître des délits de presse ; mais, par une tortueuse subtilité, on convertit les délits les plus graves en attentats, et, dans la réalité, c'est à la Cour des pairs qu'ils furent déférés. Préférerait-on ce régime à celui des tribunaux ordinaires avec les garanties qu'il implique d'appel et de pourvoi en cassation ? Vraiment, on ne l'oserait avouer.

Un des grands actes du gouvernement de l'Empereur, reconnaissons-le, c'est d'avoir enlevé au jury le caractère politique qui lui avait été d'abord imprimé, ce qui l'a mis à l'abri de ces fréquentes perturbations dont nos codes témoignent. On peut dire que la composition du jury est aujourd'hui fixée. Et la loi de 1852 a rendu toute son autorité à cette précieuse institution si profondément enracinée dans nos habitudes juridiques.

Je vous ai entretenu du droit de réunion comme d'une liberté économique accordée à l'industrie, à la science, aux lettres, pour débattre leurs intérêts. Mais ce droit devient politique dans la période électorale. Il n'était écrit dans aucune loi avant 1848. J'ai déjà dit quels excès y prirent naissance après la révolution de Février. Le second Empire l'a admis en le réglementant et en le contenant dans de justes bornes.

Telles sont les libertés, civiles, économiques, administratives, parlementaires, politiques, dont l'Empereur a doté le pays, qui ne les lui demandait pas, et qui, dans sa confiance, lui avait déféré sans réserve la conduite de ses destinées. « Le plus beau spectacle » que les hommes puissent donner aux dieux, dit un » ancien, c'est celui d'un souverain qui, investi d'un » pouvoir absolu, s'en dépouille volontairement au » profit de ses peuples. »

V

La Révolution française avait pris pour devise ces trois mots : Egalité, Liberté, Fraternité. Aucun gouvernement, depuis 89, n'a réussi à en faire sortir des institutions pratiques et durables. Tous ont ignoré l'égalité politique et quelques-uns n'ont connu de la liberté que les orages ou les fictions. Le second Empire a seul donné, avec l'égalité tout entière, les fécondes réalités de la liberté, soumise aux lois de sa propre conservation. Les dénégations ironiques de l'opposition, intéressée à tout contredire, à tout bouleverser, semblent prêter à cette proposition un tour paradoxal. Je la maintiens cependant, parce qu'elle est vraie et que les faits qui viennent d'être énumérés la justifient.

Reste la fraternité. Ici, disons-le hautement, nos adversaires eux-mêmes auront de la peine à contester ce que le gouvernement de l'Empereur a fait, lui, le premier, pour réaliser cette magnifique espérance des géncrations pui nous ont précédés.

L'abolition de la mort civile et de la contrainte par corps, odieux vestiges des législations barbares que personne jusque-là n'avait osé effacer, suffirait à marquer d'honneur toute une époque. La loi pénale adoucie, la criminalité abaissée, la misère réduite, les répressions de la discipline militaire, autrefois si draconiennes, singulièrement mitigées dans une savante et libérale codification, les condamnations capitales diminuées, l'exécution des autres peines infamantes humanisée sans danger pour la société, par des lois qui permettent aux condamnés l'accès à la propriété et à la famille, la fermeture des bagnes, l'amélioration du régime des prisons, les transactions et la libération par le travail admises pour les peines encourues en matière forestière, la réhabilitation rendue plus facile et étendue à des catégories de condamnés antérieurement exclus, la révision des procès criminels et correctionnels poursuivant la réparation par delà le tombeau, telle est l'œuvre d'édilité morale, d'assainissement des mœurs publiques, de régénération qui a été accomplie en quelques années et que j'aime à placer sous l'invocation de ce mot magique de fraternité, parce que la fraternité est, avant tout, le rehaussement de la dignité humaine.

Ce n'est pas seulement la justice criminelle qui a été l'objet des sollicitudes impériales. La justice civile était trop chère et dévorait souvent de pauvres patrimoines. Tout un code de procédure est présenté au Corps législatif qui aura pour effet de diminuer, pour les petites fortunes, les frais judiciaires, et depuis longtemps une loi d'assistance a été promulguée qui les supprime entièrement pour les indigents.

Faut-il dénombrer maintenant toutes les lois, toutes les fondations, toutes les mesures de prévoyance, de secours et d'humanité si généreusement prodiguées? La nomenclature en serait interminable : subventions aux sociétés coopératives, sociétés de secours mutuels, caisses de retraite pour la vieillesse, prêts de l'enfance au travail, habitations à bon marché, assurances des invalides du travail, hôpitaux, refuges de convalescence. Est-ce tout? Je ne veux pas faire un inventaire et je me contente de mentionner comme une des plus touchantes initiatives l'institution de l'office des dernières prières et la suppression de la fosse commune. Voilà jusqu'où s'est portée la délicate prévoyance du chef de l'Etat.

Je ne terminerai pas cette énumération bien incomplète sans mentionner un des grands actes de ce temps : on a beaucoup loué, sous le gouvernement de Juillet, M. Molé d'avoir proposé une amnistie des délits politiques; elle n'était que partielle. Napoléon III a accordé une amnistie générale sans exception de personnes, sans réserve de surveillance, sans condition de soumission ou de supplique. Non-seulement il y a compris les condamnés de 1852, mais les individus frappés par des gouvernements antérieurs, les transportés de Juin, et il a forcé ceux qui, repoussant ce bienfait, sont demeurés à l'étranger, à prendre le rôle ingrat des émigrés de l'ancien régime.

Telles sont les grandes mesures adoptées par le gouvernement de l'Empereur pour réconcilier les haines, pour apaiser les révoltes de l'âme et pour répandre le bien sur les classes les plus déshéritées. Là où l'action administrative était impuissante, il est intervenu lui-même de sa liste civile ou de sa personne. Sa cassette s'est épuisée en libéralités et, partout où un grand malheur est venu fondre sur les populations, dans les ardoisières, dans les hôpitaux envahis par le choléra, sur les débris des inondations, on a pu le rencontrer portant des consolations et des secours. C'est ainsi qu'il a pratiqué le gouvernement personnel.

VI

L'intérêt du plus grand nombre a été la préoccupation constante de l'Empereur. L'élu du suffrage universel ne pouvait, comme les gouvernements de suffrage restreint, se contenter de servir des intérêts locaux ou particuliers. Son origine même lui imposait des obligations plus étendues. Il les a résolûment acceptées. Bien des intérêts jusqu'ici privilégiés se plaignent de ne pas être l'objet de faveurs spéciales et se convertissent en hostilités ardentes. Les producteurs se lamentent d'être sacrifiés à la consommation, les officiers ministériels à la gratuité de la justice, les banquiers à la concurrence des emprunts nationaux, le commerce à la liberté personnelle, les capitaux aux salaires, les bras aux machines, le repos de quelques-uns à la grandeur de tous, et la réaction au progrès irrésistible de la civilisation et de l'humanité!

De tous ces mécontentements courageusement bravés sortent des griefs qu'exploite la passion politique. Le principal est tiré de la situation de nos finances, qui certainement n'est pas de nature à inspirer des inquiétudes. C'est une vue bien courte que celle qui consiste à évaluer la puissance financière d'un pays par ses ressources d'Etat. C'est à la fortune publique qu'il faut regarder; et qui peut nier que, dans ces vingt dernières années, la richesse de la France ne se soit accrue en des proportions incalculables? « Afin de pouvoir apprécier l'étendue des charges publiques chez un » peuple, dit M. de Tocqueville, deux opérations » sont nécessaires : il faut d'abord apprendre » quelle est la richesse de ce peuple et ensuite » quelle portion de cette richesse il consacre aux » dépenses de l'Etat. Celui qui rechercherait le » montant des taxes, sans montrer l'étendue des » ressources qui doivent y pourvoir, se livrerait à » un travail improductif; car ce n'est pas la dé» pense, mais le rapport de la dépense au revenu » qu'il est important de connaître. »

Or quel est l'état de la fortune publique en France et comment s'est-elle développée ?

L'agriculture a tout d'abord attiré l'intérêt du gouvernement et des Chambres. Un des premiers actes de l'initiative impériale a été de dégrever l'impôt foncier de 27 millions. Puis sont venues les lois sur les associations syndicales et sur la mise en valeur des communaux, l'assainissement des Dombes, l'exploitation de la Sologne, la plantation des landes, l'ensemencement des dunes, le dessé-chement des marais, le reboisement, le regazonnement des montagnes, et un million d'hectares de sol en friche a été gagné à la culture; c'est-à-dire que la contenance du domaine cultivé de la France s'est accrue d'un septième. La création des routes forestières, agricoles et par-dessus tout l'effort, pour le développement de la voirie vicinale, les dispositions relatives au drainage, aux irrigations, à l'amélioration des engrais, les encouragements aux comices, les concours régionaux, l'abolition de l'échelle mobile, qui a supprimé les disettes, ont contribué à ce précieux résultat. La tâche n'est pas terminée; l'enquête agricole contient de précieuses indications qui seront sans doute mises à profit; les chemins vicinaux se poursuivront sur une plus grande échelle, grâce aux crédits qui ont été votés, et un code rural, vainement réclamé depuis soixante ans, sera soumis l'année prochaine aux délibérations du Corps législatif.

Institués en vue de favoriser l'agriculture, de puissants établissements de crédit ont été malheureusement détournés de leur but. Mais ceci m'amène à constater le prodigieux développement que le crédit a pris en France depuis vingt ans. Il est descendu des hauteurs où il s'était toujours tenu; comme toutes les institutions, il est aussi entré dans les voies démocratiques. Les comptoirs se sont multipliés, de nombreuses sociétés se sont fondées ; la loi des *warrants*, combinée avec l'ouverture des magasins généraux et des docks, est venue en aide au commerce. Toutes ces mesures ont permis d'abolir la coaction personnelle comme instrument de crédit, et cette dernière puissance a été mise au service de tous les intérêts. Sans doute, de regrettables abus ont été la suite de ces grands mouvements de la richesse publique; peut-être étaient-ils inévitables; le mal se mêle au bien et souvent l'accompagne; la spéculation et l'agiotage sont presque toujours la conséquence d'un trop rapide essor du crédit. Je n'hésite pas à reprocher au gouvernement, puisque je vous ai promis de ne pas cacher ses fautes, d'avoir trop facilement partagé l'engouement des hommes d'affaires et de n'avoir pas exercé sur leurs opérations une surveillance assez sévère. Il n'en est pas moins vrai que ce prodigieux élan, cette activité sans égale ont, somme toute, emporté le pays vers les plus fécondes améliorations, et donné à la France une prospérité inouïe.

La production agricole, vinicole, houillère, métallurgique, sucrière, a considérablement augmenté; l'emploi des machines à vapeur au service de l'industrie a quadruplé en appareils et en force motrice; notre commerce extérieur a plus que triplé; l'échange des lettres a plus que doublé; l'escompte de la Banque de France a quintuplé. Le parcours des chemins de fer est six fois plus étendu, le nombre des voyageurs qu'ils transportent, quatre fois plus considérable, celui des tonnes de marchandises, sept fois plus fort. Les caisses d'épargne ont deux fois plus de dépôts; le pays regorge de numéraire, et les offres du dernier emprunt se sont élevées à plus de 15 milliards. Voilà à quels signes on reconnaît la prospérité de la France.

En voulez-vous une expression plus palpable, et qui témoigne en même temps de ses merveilleux progrès dans les carrières de l'industrie et des arts? Rappelez-vous cette magnifique Exposition de l'année dernière que les rois et les peuples sont venus visiter, la première qui ait atteint un tel degré d'universalité et d'éclat, attestant sous une forme nouvelle notre prépondérance dans le monde.

Mais nos dépenses, dit-on, ont augmenté. La proposition est incontestable. Seulement, pour la ramener à sa juste valeur, il importe de mettre en regard la progression parallèle de nos recettes, qui s'est développée sans nouvelle charge pour les contribuables et qui jusqu'ici a été en moyenne de quarante millions par an.

On ajoute que la dette publique a pris, elle aussi, une extension menaçante, et il est vrai de dire qu'elle correspond à un capital de 10 milliards environ, dont 3 milliards 1/2 sont imputables au second Empire.

Je lisais dernièrement dans l'histoire d'Angleterre de Macauley une page bien intéressante sur la dette publique de la Grande-Bretagne. L'éloquent écrivain en suit pas à pas les rapides progrès à partir de la paix d'Utrecht. Il raconte, à chaque nouveau grossissement de cette dette, devenue colossale, les frayeurs, les doléances, les prophéties de malheur de David Hume, de George Granville, des historiens, des hommes d'Etat, des orateurs, des économistes.

« C'était véritablement une dette gigantesque, » dit-il, fabuleuse, et il n'est pas étonnant que les » cris de désespoir aient été plus bruyants que ja- » mais. Après quelques années d'épuisement, l'An- » gleterre se releva. Néanmoins, semblable au » valétudinaire d'Addisson, qui ne cessait de répé- » ter en gémissant qu'il se mourait de la poitrine, » jusqu'à ce qu'il fût devenu si gras qu'il eût honte » de la doléance, elle continua de se plaindre qu'elle » était plongée dans la misère, jusqu'au moment » où sa richesse se manifesta par des symptômes » qui rendirent ses plaintes ridicules.

» Cette société, réduite à la misère, à la ban- » queroute, se trouva non-seulement en état de » faire face à toutes ses obligations, mais sa ri- » chesse continua de s'accroître avec une telle » rapidité, qu'on en pouvait, pour ainsi dire, sui- » vre des yeux le développement. Dans chaque » comté on vit des terrains incultes transformés en » jardins; dans chaque ville de nouvelles rues, » des places, des marchés, un éclairage plus

» brillant, un approvisionnement d'eau plus abon-
» dant ; dans les environs de toutes les grandes
» cités manufacturières, les maisons de campagne
» se multipliant rapidement, entourées chacune de
» son petit paradis de lilas et de roses. Tandis
» que des politiques superficiels répétaient que les
» forces vitales de la population étaient écrasées
» sous le poids des charges publiques, la vapeur
» accomplissait son premier voyage sur des rails,
» et bientôt l'île était sillonnée en tout sens de
» chemins de fer. Dans l'espace de quelques années,
» cette population réunie dépensait volontairement
» en viaducs, en tunnels, en remblais, en ponts, en
» stations, en machines, une somme qui dépassait
» le chiffre de la dette nationale à la fin de la
» guerre d'Amérique.

» On ne saurait douter qu'il dût y avoir quel-
» que grande erreur dans les idées de ceux
» qui émirent et de ceux qui crurent cette lon-
» gue suite de prédictions fâcheuses, démen-
» ties d'une manière si éclatante par une longue
» suite de faits si incontestables. »

Ces réflexions ne s'appliquent-elles pas avec une étonnante justesse à la France actuelle ? Il y a cette différence pourtant, entre la France et l'Angleterre, que notre dette est bien moins élevée que celle la Grande-Bretagne et que la contre-valeur en es représentée par nos chemins de fer dont le réseau, entièrement terminé dans trois ans, vaudra dix milliards. Tous le monde sait que l'Etat en est le nu-propriétaire et que vers le milieu du vingtième siècle il doit en avoir la jouissance.

Quant à la part de la dette nationale afférente au second Empire, elle correspond à d'immenses travaux publics et à des dépenses qui ont eu pour cause l'approvisionnement de nos arsenaux, la transformation de la flotte, les réparations de nos places fortes, l'accroissement du matériel du ministère de la guerre, le renouvellement de nos armes, et enfin les grandes campagnes des premières années de ce règne.

VII

Je n'aurais pas complété ce tableau de la France sous le second Empire, si je ne parlais de la place qu'elle s'est faite dans le monde, de son territoire accru par l'annexion de trois départements, de ses colonies conquises dans l'extrême orient et de cette gloire nouvelle recueillie sur tant de champs de bataille. Je sais bien que quelques ombres se mêlent à ce tableau. L'expédition du Mexique était, quoi qu'on en dise, une haute pensée; un des personnages les plus considérables du règne de Louis-Philippe, le duc Pasquier, la jugeait ainsi, et ce sentiment était partagé par Lamartine. Mais enfin il y a eu là un échec, et si l'on a pu dire que rien ne réussit comme le succès, ajoutons que rien ne discrédite un grand dessein comme les revers qui l'accompagnent. Est-ce à dire que cette malheureuse expédition du Mexique, où du moins nous n'avons eu à nous reprocher aucune défaillance d'héroïsme, doive faire oublier les grandes journées de Sébastopol, de Magenta, de Solférino, la soumission de la Kabylie, l'expédition de Chine ? Quels résultats cependant que ceux obtenus par ces victoires : la domination de la Russie pesant depuis plus de quarante ans sur l'Europe et soudainement abattue; l'Italie affranchie de liens séculaires et placée au rang des nations; l'Algérie poussée dans ses derniers retranchements et pénétrée de nos lumières; le christianisme soutenu en Syrie, le catholicisme à Rome; l'Empire du Milieu ouvert par nos canons au commerce de l'Occident et abaissant pour la première fois sa capitale sous un autre drapeau que le sien; l'Europe, l'Asie, l'Afrique touchées par l'épée de la France et ranimées à la civilisation!

Un traité de Paris avait consommé l'humiliation de la France, un second traité, signé dans la même capitale, la relève au niveau de son passé et, par de magnanimes représailles, elle dote le monde d'un droit des gens agrandi qui consacre les immunités des neutres et la liberté des mers.

Sans doute la guerre a été l'instrument de cette politique. Mais cette guerre a toujours été provoquée ; il n'a pas tenu d'ailleurs à l'Empereur de la rendre impossible par ce généreux appel à un congrès des souverains pour les solutions de toutes les difficultés pendantes en Europe. Rarement de si nobles paroles étaient tombées du haut d'un trône. Elles ne furent pas écoutées et bientôt la paix du continent fut livrée au sort des armes. Le respect des nationalités devait éloigner l'Empereur d'une immixtion armée en Allemagne. Ce n'était pas à lui de soutenir et de défendre l'ancienne constitution germanique fondée sur les traités de 1815; il ne devait pas davantage s'opposer à l'éclosion de nouvelles destinées de l'autre côté du Rhin, du moment où l'intérêt français ne s'en trouvait pas lésé. Il intervint comme un arbitre, et la paix fut conclue sous ses auspices.

VIII

Après cet exposé sommaire de ce que l'Empire a accompli dans les années qu'il vient de parcourir, je suis bien fondé à dire que, depuis soixante ans, aucun gouvernement n'a autant fait pour l'égalité, la liberté, la fraternité, le progrès, la richesse, la moralisation et la grandeur nationale.

L'Opposition, je le sais, vous promet davantage encore. Elle veut diminuer les impôts et supprimer le service militaire. C'est par ces leurres qu'elle espère séduire le peuple et l'amener à elle dans les luttes électorales.

Vous n'êtes pas dupe de ces manœuvres. En matière d'impôt, le gouvernement a fait ce qu'il y avait à faire. Non-seulement il ne les a pas aggravés, l'accroissement du revenu public ne provient que d'une augmentation du rendement; mais il a réalisé des exonérations au profit de l'agriculture et de la consommation. L'impôt foncier est inférieur aujourd'hui à ce qu'il a toujours été depuis la Révolution française; les sucres et les cafés ont été réduits, et les droits énormes qui pesaient à l'entrée sur le bétail importé sont insignifiants. D'heureux remaniements dans l'impôt des patentes ont déchargé le petit commerce, la petite industrie, pour en reporter le poids sur les grands établissements. Est-ce à dire qu'il ne soit pas possible d'aller plus loin encore ? Je ne l'affirmerai pas ; mais gardons-nous de soulever brusquement ces questions brûlantes, laissons le temps poursuivre son œuvre et ne faisons pas aux populations de décevantes promesses. N'oublions pas que l'impôt est le fondement de toute organisation sociale et que, sans les ressources qu'il procure, aucun gouvernement n'est possible.

La question du service militaire n'est pas moins grave : je mentionnerai en passant les dispositions qui ont allégé le fardeau de l'inscription maritime; mais j'ai hâte d'arriver à la dernière loi sur l'armée. Cette loi tant calomniée est, à mon sens, l'œuvre capitale de ce temps, puisque, tout en diminuant les charges des citoyens, elle assure mieux que les lois précédentes la défense nationale. Cette loi est jugée maintenant; toutes les préventions élevées contre elle sont tombées, et on ne réussira pas à donner le change sur son mérite et sa portée. Abroger, supprimer le service obligatoire, prêcher le système des levées en masse pour repousser l'ennemi, c'est le rêve insensé de l'anarchie. Désarmer la France, c'est proclamer sa déchéance dans le monde.

IX

Aussi bien ces criminelles promesses faites par l'Opposition au pays et qu'elle ne pourrait tenir si elle arrivait au pouvoir, ne sont que des manœuvres pour capter le suffrage populaire. C'est à cette œuvre principale que s'emploie l'industrie des anciens partis.

Tout leur est bon pour atteindre le but qu'ils poursuivent sans relâche comme sans scrupule; et ce but est bien connu, c'est le renversement de l'Empire. Afin de réaliser de factieuses espérances rien ne leur coûte; profondément divisés dans leurs principes et leur origine, ils mettent en commun leurs rancunes et leurs efforts. Après les coalitions de l'étranger qui amènent l'invasion du territoire, je ne connais rien de plus odieux, de plus funeste que les coalitions intérieures des partis qui minent la puissance publique et aboutissent aux plus désastreuses catastrophes. Armand Carrel et M. Guizot les ont condamnées comme immorales et impolitiques, et pour les flétrir je ne voudrais pas me servir d'un autre langage que celui de M. Thiers qui les a appelées *une machination honteuse*. Tous les sophismes du monde ne feront pas accepter comme légitime par la conscience publique cette scandaleuse alliance d'hommes ennemis de la veille et qui demain s'entre-déchireraient sur les ruines du gouvernement dont ils conspirent la perte.

Comprend-on que celui qui était debout sur les barricades de la révolution de Juillet soit appuyé auprès des électeurs par les champions de l'ancienne monarchie? La justice et la morale s'indignent de ces subversives connivences.

Et, en présence d'une conspiration si habilement ourdie, en face des menées d'une opposition composée des éléments les plus contraires, mais qui cimente son union par la haine, tandis qu'elle est puissamment organisée, qu'elle dispose de toutes les forces de la presse, qu'elle remplit les départements de ses agents électoraux et qu'elle enveloppe en quelque sorte le pays tout entier d'un réseau d'intrigues, de fausses nouvelles et de calomnies, le gouvernement n'aurait pas le droit de signaler au patriotisme des électeurs les hommes dignes de leur confiance, de donner son concours aux candidats que l'opinion publique désigne ? C'est assurément la prétention la moins sérieuse et la plus exorbitante. On veut pouvoir le combattre et on trouve mauvais qu'il se défende, et de sa défense même on se fait un nouveau moyen d'attaque : quoi de plus audacieux ou de plus naïf !

Un des caractères qui marquent le plus profondément la société française depuis trois quarts de siècle, c'est la formation et le développement à travers toutes les vicissitudes politiques de cette grande force morale qui s'appelle l'esprit public et dont la plus éclatante manifestation est dans les plébiscites de l'Empire. Mais les passions que l'Empire a désarmées, les ambitions qu'il a vaincues, les chimères qu'il a renversées se relèvent pour lui disputer son triomphe, et tous les jours l'esprit public est obligé de lutter contre l'esprit de parti.

Ah ! si, comme en 1848 et 1852, il s'agissait d'élire le chef de l'Etat, le problème serait bien simple et facile à résoudre. Le gouvernement n'aurait qu'à se croiser les bras et, une fois de plus, le pays, d'une voix unanime, acclamerait Napoléon III. Mais les élections pour le Corps législatif sont de toute autre nature; elles n'ont pas un caractère politique aussi nettement déterminé, elles sont parcellaires, les passions et les influences locales s'y mêlent, et les choix deviennent plus incertains. De là le devoir pour le gouvernement de combattre avant tout les ennemis de nos institutions. Car enfin il implique contradiction que le suffrage universel, d'où le pouvoir exécutif et le pouvoir législatif sortent également, entende créer au sommet de la société un antagonisme d'opinions et de volontés. Le pays qui nomme Napoléon III ne veut pas apparemment le mettre en présence d'une Cham bre hostile.

X

Est-ce à dire cependant que les candidats officiels doivent être adoptés aveuglément, sans contrôle, sans examen? Je ne le pense pas. Parfois le gouvernement se trompe, les préfets se trompent. L'un et l'autre ont trop souvent commis cette faute d'imposer comme candidats aux circonscriptions électorales des hommes étrangers à leurs intérêts et à leurs sympathies. D'autres fois leur choix s'est égaré sur des hommes dont le caractère pouvait donner lieu à des réserves d'estime et de considération. Un électeur indépendant doit se tenir en garde contre de pareilles invitations, et n'adopter le candidat officiel que lorsque sa conscience l'admet.

Vous voulez la stabilité et le progrès, nommez des représentants qui, comme vous, veuillent ces deux choses. Mais ne vous laissez pas tromper par de fallacieuses professions de foi et par des hypocrisies de langage. Scrutez les intentions, pesez les actes.

Demandez-vous avant tout si le candidat qui vient solliciter votre appui est sincèrement dévoué à l'Empire. Pour vous en assurer, ce n'est pas lui qu'il faut interroger, c'est son passé, sa conduite, sa vie, ce sont ses alliances, ses aspirations, ses doctrines ; s'il vient vous dire qu'il accepte la Dynastie, mais qu'il ne veut pas d'impôts, qu'il ne veut pas d'armée, qu'il veut au contraire le droit de réunion sans bornes et la liberté de la presse sans frein, ne croyez pas à sa déclaration. On n'est point pour la Dynastie, lorsqu'on lui enlève tous les moyens de gouverner.

Lorsqu'un homme aura été dans la vie politique un des plus fougueux partisans des réactions de toute sorte et que tout à coup il vient vous parler de progrès et de liberté, ne le croyez pas. Cet homme vous trompe; il prend un masque pour arriver à son but. Lorsque ce but sera atteint, le masque tombera et vous verrez reparaître alors le réactionnaire des anciens régimes.

Ne croyez pas celui qui, après avoir usé lorsqu'il était au pouvoir, de toutes les pressions administratives sur le corps électoral, s'indigne aujourd'hui contre les candidatures officielles. Demain encore, s'il venait à triompher, il ne reculerait devant aucune mesure arbitraire ; il emprisonnerait les journalistes, il désorganiserait les services publics, il arrêterait les correspondances et fulminerait contre les réunions ses plus ardents réquisitoires.

Méfiez-vous de celui qui, pour se faire accepter par les campagnes, leur tient un langage conciliant, qui efface ses opinions dans ses circulaires, met son drapeau dans sa poche, consent à se laisser porter comme un ami de l'Empire et, après s'être incliné devant le bonapartisme des paysans, se redresse à Paris plein d'irritation, d'emportement et de haine contre l'Empereur.

Méfiez-vous des hommes qui se réclament de tous les partis à la fois, que recommandent également les chefs de toutes les oppositions ; ces hommes ne sont que des instruments de ruine, et ce qu'on attend d'eux c'est la guerre, la guerre inexorable à l'établissement impérial.

Ne prêtez pas davantage une oreille complaisante aux suggestions de ceux qui voudraient entraîner l'Empire vers la réaction ou vers l'utopie ; de ceux qui rêvent la rupture du Concordat ou qui demandent l'abolition du mariage civil, et qui volontiers raméneraient, pour notre malheur, toutes les violences des guerres religieuses.

Votez pour les hommes qui, dévoués à la Dynastie, veulent l'ordre, la liberté, le progrès et la grandeur du pays.

Telle est la ligne de conduite qu'un homme de sens et de patriotisme, tel que vous, doit suivre. S'en écarter, c'est marcher aux abîmes; c'est recommencer cette perpétuelle épreuve des révolutions qui appauvrissent, démoralisent et consternent le pays; c'est jouer encore le sort de cette malheureuse France, tombée si bas en 1848, et que le nom seul, le nom providentiel de Napoléon a sauvée.

Paris. Imp. Ch. Schiller, rue du Fbg-Montmartre, 10

www.ingramcontent.com/pod-product-compliance
Ingram Content Group UK Ltd.
Pitfield, Milton Keynes, MK11 3LW, UK
UKHW022126170726
13837UKWH00003B/1397